스물, 꼭 행복하지 않은 날이어도

핑크뮬리

프롤로그

처음 책을 낸다고 했을 때 주변 사람들의 절반은 나를 신기한 듯 보았다.
물론 예상한 반응이었다. 책을 낼 만한 사람으로 보이지 않는다고
많이들 얘기하는데 그 말에 수긍한다. 지금까지도 책을 낸다는 말이 부끄럽게
느껴지는 건 사실이다. 그냥 일기장 정도로만 생각하면 좋겠다.
그랬구나 저랬구나 하는 푸념 정도로만 말이다. 처음에는 대단한 글을
쓰고 싶었지만 나에게는 요원한 일이었다. 너무 평범한 사람이라 그런지 머리만
아팠다. 그래서 가장 나다운 이야기를 풀어 나가기로 마음먹었다. 이제껏 내가
경험한 일, 혹은 상상했던 일들을 기록했는데 다행히 몇몇의 공감을 얻었다.
결국 누군가에게는 자신의 일기장이 될 수도 있다는 생각을 하게 되었다.
 살나 보면 혼자 엉뚱한 생가을 하기도 하고, 연애에 울고 웃기도 하며, 친구들과
함께 미래를 고민하기도 한다. 당연히 정답이란 없다. 그저 다들 같은 고민을
안고 살아간다는 이유만으로도 많은 위로가 될 뿐이다.

이 일기장도 그렇게 남기를 바란다. 멘털 강화 비법이나 인생의 성공 비결이 적힌 답안지가 아니다. 경험하고 살아가는 우리들의 일상을 담은 일기장으로 기억되기를 소망한다. 실수와 후회도 많았던 날들을 돌이켜 보며 서로에게 위안을 줄 수 있다면 좋겠다.

우리 삶은 여전히 확실하지 않다. "미래에는 꼭 성공하자."라는 말로 시작해서 "술이나 먹자."로 끝나 버릴 수도 있다. 하지만 정작 우리에게 필요한 건 성공을 좇는 달음박질이 아니라 서로를 향한 위로 아니었을까.

Part_1

내 말은 그래

Part_2

꽃이 핀다면

Part_3

빛

Part_4

각자의 시간

내 말은 그래

좋아하는 거 하면서 살고 싶어.

어떻게 그렇게 살아, 가끔은 타협하면서 살아야지.
그렇게 생각할 수도 있겠네.
근데 내 인생에 정답은 없잖아.
틀려도 상관없어.

그냥, 내 말은 그렇다고.

나의 히어로

아주 어렸을 때는 악당을 물리치는 멋진 히어로를 그리면서

무서울 때마다 나를 지켜 줄 거란 생각으로 베개 옆에 꼭 두고 잤다.

살아가며 사람에 치이고, 일에 치이다 보니

누군가의 도움보다는 혼자 지켜 나가야 할 날이 많음을 깨닫지만

예나 지금이나 크게 달라진 건 없다.

악당은 많고 멋진 영웅은 없을지 모르지만

누군가 나를 지켜 줄 히어로가 나타났으면 하는 바람은 여전하다.

책을 사는 이유

나는 어렸을 때부터 책을 많이 샀지만 다 읽어 보지는 못했다.

독서는 아무래도 나와 거리가 멀었다. 책 읽는 습관부터 없었던 것 같다.

그럼에도 책의 제목, 표지 색, 내용 중간중간 눈에 띈 단문

그런 것들이 마음에 들어 책을 샀다. 내가 좋아하는 색의 표지와

마음에 남는 문단으로 이루어진 책 더미를 소장하는 건

남들과 조금 다르지만 아무렴 어때.

지금도 나는 당당히 책을 좋아한다고 말한다.

위로

몇 달 동안 골머리를 썩이던 일을 이제 막 마무리했다.

끝났다고 안도하며, 실수는 없었는지 걱정하며 잠깐 밖으로 나가 보았다.

둥근 달을 한참 보다 보니 언제 그랬냐는 듯 걱정이 사라져 버렸다.

그날따라 달이 참 밝아서 그런지, 보름이라 그런지

머리 위로 떠오르는 건 밝은 달밖에 없었다.

휴식의 1순위

모처럼의 휴식을 어떻게 보낼까 궁리하다 영화를 틀었다.

멜로, 스릴러, 액션, 어떤 장르건 몰입해서 보는 이 시간을 참 좋아한다.

'그래, 이게 휴식이지.'

스르르 잠들어 버려도 괜찮을 시간이니까.

꿈

잠에서 깨 버리면 그만이지만

·

자꾸만 머물고 싶은

·

새벽을 다 써 버려도 깨고 싶지 않은

·

오늘의 꿈.

기대하지 않는 법

이런저런 사람들을 겪다 보니 기대를 많이 하지 않게 된다.
상처에 무뎌졌다고 생각한 만큼보다 더 큰 상처를 받았고
사람에게 많이 기대었던 만큼의 부피가 내 마음에서 없어졌다.
언젠간 나도 누군가에게 기대야 할 날이 올 것임을 알면서도
자꾸만 지난 기억들이 눈앞에 아른거린다.

본래 그대로

나의 모습을 있는 그대로 보여 주려고 했는데 자꾸만 내가 아닌 모습을 꾸며
내기 시작했다. 더 좋은 사람으로 보이고 싶었다. 그래서인지 내 모습을 감추고
숨기게 된다. 더 대단한 사람이 된 것 같은 기분이었지만
그러면 그럴수록 다른 사람과 나를 비교하게 되고 '부러움'이라고 말하는 것들이
나를 갉아먹기 시작했다. 언제쯤인가 나라는 사람이 대단하지 않은
아주 평범한 사람이며 모두에게 좋은 사람일 수는 없다는 사실을 알아차리면서
그제야 애쓰지 않고 내 모습 그대로 살기로 했다.

조금은 이기적인 모습까지도 내가 사랑해 주길 바라면서.

원동력

하루 끝에 맥주 한잔하자는 친구의 연락은 항상 나를 기분 좋게 만든다.

술을 즐기는 것도 있지만 그보다는 편하게 슬리퍼를 신고 부스스한 머리로

편의점 앞에 앉아서 도란도란 이야기 나누는 게 좋았다.

우리는 이런 시간을 위해 지금을 바쁘게 살아가는 게 아닐까.

가끔은 거창한 계획이 아니더라도 이런 시간으로 위로를 받곤 한다.

취업은 어떻게 해야 할지, 연애할 상대는 또 어떻게 찾아야 하는지

여러 이야기를 하다 보면 조금은 개운한 기분이 든다.

막상 해결된 건 아무것도 없지만 알게 모르게 힘이 나는,

내겐 아주 소중한 시간이다.

앨범 정리

사진 앨범 속 스크롤을 맨 위로 올려 천천히 보기 시작했다.

옛 사진을 한 장 한 장 볼 때마다 그 시간이 생생히 기억나서

웃기도 하며 친구들에게 보내 주기도 했다.

사진을 한참 보고 나니 바쁘게 살아가느라

흔한 추억 하나 남기지 못하고 흐르는 시간이 밉기만 해서 쉽게 잠들지 못했다.

청소의 의미

청소를 하는 많은 이유 중 하나는 역시나 정리를 하기 위함이다.

기본적으로 보이는 정리들이 대부분이지만

방에 여기저기 헤쳐 놓은 옷가지들을 치우고 쌓인 먼지를 닦고 나면

마음에 얽혀 있던 생각들도 함께 덜어진다.

아무래도 피곤한 청소지만

어질러진 방과 생각을 청소하고 시작한 하루는 알게 모르게 개운했다.

흘러가는 대로

나는 항상 머릿속에 많은 계획을 세운다.

하지만 세상에는 계획대로 되는 경우보다 그렇지 않은 경우가 훨씬 많고

그것대로 많은 스트레스를 안고 살았다.

사실 계획대로 되지 않는 게 맞는 건데 자꾸만 욕심이 생겨서일지도 모르겠다.

때론 아무 계획 없이 흘러가고 싶다.

강줄기처럼 흐르고 흘러 넓은 바다가 나타날 거란 바람만 안고

그렇게 그저 흘러가고 싶다.

나만의 여름 나기

시끄럽게 울리는 폭염 경보 문자들에 도저히 밖
에 나갈 수 없었다.
매미 소리가 끊이지 않는 한여름 날
에어컨을 틀어 놓고
방 안에 상상의 바다를 빌려 와
본격적인 나만의 여름 나기를 시작한다.

사람들

오후 6시가 되면 지하철 역사 안에는 사람들이 넘쳐 난다.

퇴근하는 직장인, 학원으로 가는 학생, 모두들 각자 갈 곳이 정해져 있다.

분명 모습들은 다 다른데 어쩜 그렇게 비슷하게 살아가는지

알다가도 모르겠다.

따뜻한 잠

버스 유리창에 비치는 볕 사이로 눈꺼풀이 한 번 두 번
눈 밑을 치면서 내려왔다.
해가 유난히 길었던 탓인지, 그날이 길게 느껴졌던 탓인지
포근한 잠을 자기에 딱 적당한 기분이었다.

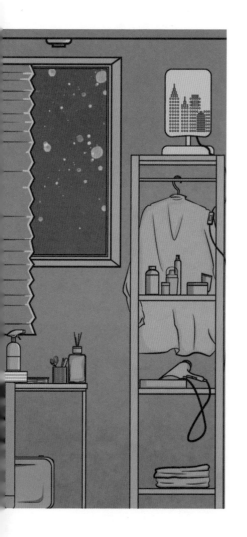

우리 집

부단히 하루를 마치고 돌아오는 곳

주말 내내 편안한 곳

항상 위로를 받는 곳

내가 제일 나다워지는 곳

근심 걱정이 없어지는 곳

시멘트와 철근으로 만들어졌지만

이상하게 정이 느껴지는 곳

의미

나는 종종 과거에 발이 묶여 있을 때가 많았다.

어떤 사람은 미련이라 부르기도 하고, 집착이라 부르기도 하지만

누구보다 내가 그렇게 과거에 붙잡혀 있었던 이유는

아마도 현재의 결말밖에 알지 못해서다.

그때의 다른 선택이 나를 더 나은 미래로 이끌어 줄 수도 있었겠지만

결국 과거로 돌아갈 수는 없는 일이다.

내일이 오면 오늘은 또 과거가 되기 때문에 지금의 선택을 믿어 보기로 했다.

어느 노래 가사처럼, 지나간 것은 지나간 대로 그런 의미가 있으니까.

추억

어렸을 때 아버지와 목욕탕을 가면

아버지는 나와 달리 항상 뜨거운 온탕에 오래 계셨다.

온탕이 답답하기만 했던 나로서는 이해가 되지 않았고

그럴 때마다 냉탕으로 도망가는 나를 다시 데려다 놓으셨다.

시간이 흘러 내 등을 밀어 주시던 아버지가 내게 등을 보이실 때쯤

그 말을 이해하기 시작했다.

시원하다 하신 것도, 피로가 풀리는 기분도 말이다.

아버지께는 그곳이 나름의 피로를 푸는 장소였던 것 같다.

왜인지는 모르겠지만 여전히 목욕탕에 가면 꼭 약속이나 한 것처럼

아버지가 생각난다.

다른
—— 길

항상 특별해지고 싶었던 탓일까.

남들이 가지 않는 길을 가고 싶었고, 새로운 여행을 떠나고 싶었다.

이 길의 끝에 무엇이 있을지 가늠도 하지 못하는 주제에

.

.

.

자꾸만 혼자 견딜 수 있다며 저 밑으로 발을 내디디려 한다.

먹구름

항상 내 위에는 먹구름이 떠다녔고 어딜 가든 나를 쫓아왔다.

다음 날은 비를 뿌려 나를 흠뻑 적시게 했고

그다음 날은 내가 행복해지는 걸 막는 듯 보였다.

문득 그런 생각이 들었다.

이 먹구름 너머엔 따듯한 해가 있을까.

그러면 밝은 햇볕이 내게도 비춰 줄까 하며

우중충한 먹구름을 벗어나려 한다.

결말

영화를 보다 보면 생각지 못한 슬픈 결말들이 있다.
시나리오가 흘러가면서 마냥 행복한 것만 보고 싶은
맘이 컸던 나는 영화가 끝나기도 전에 꺼 버리곤 했다.
슬픈 이야기에 너무 감정 이입을 한 탓인지
꼭 내 이야기 같아서인지 똑바로 마주 보질 못했다.
아니, 어쩌면 흘러가는 이야기의 마지막을
누구보다 잘 알아서인지도 모르겠다.

고요함

새벽까지 술을 마시고 들어온 날

잠깐 취기가 올라 멍하니 누워 있다 보니

눈이 자꾸만 감겨서 그대로 잠들고 말았다.

고요한 소리에 누군가 그립기도 하고, 외롭기도 한 채로.

꽃이 핀다면

지금 우리의 꽃이 핀다면 참 좋을 것 같다.

서로 도란도란 이야기를 나누고 위로도 해 주면서

예쁘다, 사랑한다, 고맙다.

그렇게 마음 섞인 말들을 주고받으면서

가끔은 울기도 하는

그런 꽃을 네게 주려 한다.

어여쁜 프리지어 같은 꽃을 주려 한다.

봄이 그렇게도 좋냐 멍청이들아

따뜻한 기온이 기분을 좋게 만든다.

집에만 있기엔 너무 아쉬운 날씨라

당장 네게 전화를 걸어 가까운 공원이라도 가자 했다.

너의 손을 잡고 이곳저곳 다닐 때 흘러 들어온 노래 가사처럼

우리는 봄이 그렇게도 좋다 멍청이라서.

마중

자꾸만 같이 있고 싶은 사람이 생겼다.

오늘은 뭘 했는지, 내일은 뭘 할 건지, 사소한 연락으로 일상을 가득 채우고 싶다.

웃을 때 눈웃음을 보면 나도 따라서 배시시 웃게 되는 그런 사람.

욕심인 줄 알면서도 내 마음은 자꾸 제멋대로 그 사람을 마중 나가 버린다.

소나기

나의 하루에 네가 있는 건 예상하지 못했다.

매일 아침 알람 시계로만 쓰던 핸드폰은

일어났냐는 너의 연락으로 채워져 있었다.

끼니때가 지나고 나서는 뭘 먹었는지, 맛있게 먹었는지 물어봤고

해가 질 때쯤엔 오늘 하루를 마무리하며 있었던 일을 쏟아 내곤 했다.

이상하게 너는 소나기처럼 매번 그렇게 나를 흠뻑 적시고 갔다.

착각

내 어깨에 손만 올려도 곤란한 너.

그리고 어쩔 줄 모르는 나.

길에서

넌 참 동물을 좋아하는 것 같아.

지나가는 강아지며 고양이며 모두 예쁘다, 예쁘다 하는 모습이

나까지도 흐뭇하게 만드는 걸 보니 정말 좋아하는 게 맞구나 싶었어.

그런데 그런 네 모습을 보면 나도 모르게 네가 참 예쁘다, 예쁘다 하고 있더라.

아무래도 콩깍지가 단단히 쓰인 거 아는데

오늘 네가 웃는 모습은 꼭 노란색처럼 예쁘다고 말해 주고 싶어.

설렘

아무 말 없이 있어도, 주변에 바람 소리와 풀벌레 소리만 들려도

지금 너와 나 사이에 흐르는 게 설렘이라는 건 누구나 다 알아차리겠지.

유치한 백

"사랑해."

"나도 사랑해."

"나도 너무 사랑해."

"내가 더 사랑해."

"내가 더 더 사랑해."

"내가 더 사랑한다니까?"

"아니야, 내가 더 사랑하는거 같아."

"아니, 내가 너보다 더 사랑해."

유치하고 질리도록 뻔한 대화였지만 우린 그런 식으로 사랑을 믿었다.

나도 그 사람도 이 큰 사랑을 어쩔 줄 몰라 전부 꺼내 보여 주던 뻔한 시절이 있었다.

선물

차츰 꽃 피는 봄이 오고 있다.

거리를 다니다 보면 꽃집의 풍경이 눈에 들어와 발목을 잡곤 한다.

주황빛 장미를 보니 처음 사랑 고백을 한 기억이 나기도 하고

예쁘게 포장된 꽃다발을 보니 너의 졸업식 날 건넨 꽃다발도 생각난다.

평소와 다를 것 없는 오늘이지만

봄이 온다는 핑계로 네게 화사한 프리지어를 한 아름 건네려 한다.

너는

네가 건네는 말에는 설렘이 들어 있다.

.

어릴 때 좋아했던 가을 운동회의 바람 냄새처럼

비 오는 날 젖은 도로에서 풍기는 비 냄새처럼

.

오뉴월에 피는 라일락 향기처럼

줄곧 멈춰 있던 마음이 너의 말 한마디로 어수선하게 설레었다.

사소함

너와 보내는 사소한 시간들이 좋았다.

집에서 같이 다리를 포개고 영화를 본다거나

산책하기 좋은 날 나가서 맥주 한잔하고 돌아오는 그런 것들 말이다.

그 사소한 시간들로 오랫동안 지내자. 매일 이렇게 알나리깔나리 하자.

이정표

지금 내가 가고 있는 이 길이
너에게 가는 최선의 방향이길 바란다.

때로는 울기도, 서로를 할퀴기도 하겠지만
다 보여 주고 또 보여 주는 게 마음이니.

쉽사리 꺼내지 못하는 사랑
지금 너와 함께하고 있어 얼마나 기쁜지 모른다.

이끌림

우린 서로 너무 달라.

밥 먹는 시간도

잠을 자는 시간도

서로를 사랑하는 방법도.

다른 걸 알면서도 서로에게 끌린다는 건

우리가 지금 해야 할 일이 머리가 아닌 마음으로 해야 하는 일이기 때문일까.

다툼

항상 그래 왔듯 우리는 오늘도 다투었다.

우리의 다툼엔 항상 '헤어짐'이라는 몹쓸 단어가 따라왔고

서로는 참지 못하고 뒤로 돌아서 버렸다.

너를 놓치면 후회할 걸 제일 잘 알기 때문에 뒤돌아 너를 붙잡아야 하는데

다툼에 염증을 느낄 대로 느껴 버린 나는 헤어짐의 합리적인

이유를 찾고 있었다.

그저 내가 너를 잡을 만큼 좋아하지 않았던 것뿐인데.

마지막

"요즘 우리 사이에 대해서 잘 모르겠어."

단지 관계의 견고함을 말하고자 했는지, 아니면 관계의 마지막을 말하고자

했는지 너의 의중은 어느 정도 알고 있었지만 그 말을 내가 내뱉기란 힘들었다.

언제부턴가 너의 마음이 어디에 있는지 나로서는 도저히 알기 어려웠다.

그때부터 이별의 시작이 왔음을 내게 말해 주었던 것일까.

그 '이별'이라는 단어에 참 익숙지 못했다.

이별을 말하려고 대화를 시작했는지, 누구의 잘잘못을 따지자고 시작했는지는

중요치 않았다. 벌써 서로가 밉고, 그런 너를 붙잡고 있는 형태라니.

결국 사랑의 마지막은 이런 것이다. 무작정 빠져들고 대책 없이 사라진다.

이 결말을 알고서도 우리는 서로에게 사랑한다, 보고 싶다 말했던 걸까.

이별은 무엇보다 빠르고 날카롭게 다가온다.

이렇게 무방비한 상태로 말이다.

울음

아마도 당신이 내게 아직 많이 서려 있나 봅니다.

그 말의 의미를 잘 알고도 별 수 없어서 종종 이렇게 혼자 아파했습니다.

당신을 잊으려 노력해 본다는 말이 너무 웃겨서

이런 제 마음에 비해 이별이라는 단어가 너무 하찮아 보여서

여전히 입 밖으로 내질 못합니다.

여전히 저는 좋은 사람이 아닌가 봅니다.

하지 못한 말

한참을 고민하다 수화기를 들어 너에게 전화를 건다.
연결 신호음이 울리고 무슨 말을 해야 할지
머릿속이 엉망인 상태로 달칵하는 소리가 들려왔다.

"전화를 받지 않아 음성 사서함으로 연결…."

다행인지 불행인지 그 소리에 긴장이 풀렸다.
그러곤 빈 수화기 너머에 네가 있을 것 같아서
그제야 하고 싶은 말을 오래도록 전했다.

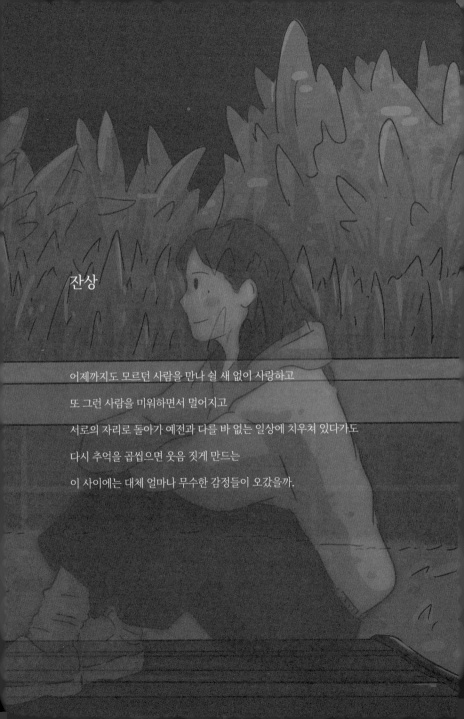

잔상

어제까지도 모르던 사람을 만나 쉴 새 없이 사랑하고

또 그런 사람을 미워하면서 멀어지고

서로의 자리로 돌아가 예전과 다를 바 없는 일상에 치우쳐 있다가도

다시 추억을 곱씹으면 웃음 짓게 만드는

이 사이에는 대체 얼마나 무수한 감정들이 오갔을까.

아무것도 아닌 인연

이별이란 게 별것 아니었다.

첫날은 실감이 나지 않고, 그다음 날엔 공허하고

또 그다음 날엔 가슴이 아프고, 그렇게 몇 날 며칠을 아팠다가

새로운 인연이 나타날 때면 언제 그랬냐는 듯 잊어버린다.

그 사실을 알아차린 후에도 나는 꽤나 이별에 시달렸다.

참 별것 아닌데, 이어폰에서 흘러나온 노래가 한참 슬프게 들렸다.

편지

투박한 글씨로 쓴 그때의 편지가

아직까지도 가슴 곁에 맞닿아 있는 건

어린 시절의 진심이 고스란히 전해져 그런가 보다.

아직도 그 편지를 들춰 보는 날엔

여전히 어린아이로 돌아가는 나를 보며 말한다.

그래, 너도 어련히 그리웠을까.

이미 셀 수 없는 겹겹의 시간이 흘러갔고

그사이의 길목 길목마다 우리는 서로에게 멋쩍은 안부를 전했다.

실은 네가 많이 보고 싶다 말하고 싶었을 뿐이었는데

그때마다 잘 지내냐는 거짓말을 하곤 했다.

우린 같은 달을 보고 있을 거야

다른 시간, 다른 장소

널 생각할 시간도, 네가 떠오르는 장소도 이제 없는데

저 달만 보면 왜 그리 시큰해지는지 몰라.

하루에 한 번은, 일 년에 한 번쯤은 같은 달을 보고 있었을 거야.

그게 꼭 널 보고 있는 것만 같아서 그런 걸지도 모르겠다.

눈

눈이 오는 게 좋았다.

발아래로 뽀드득뽀드득하는 소리도 좋았다.

그날 밤 아무 생각 없이 추운 공기 속에서 내리는 눈을 관찰해 봤다.

꽃송이가 내리는 것 같기도 하고

바닥에 눈이 쌓이면 흰 꽃밭을 보는 것 같기도 했다.

집 앞에 작은 눈사람 하나 만들어 놓고는

한참 동안 하얀 겨울을 바라보았다.

흔적

누군가를 열렬히 사랑했던 여름이 지나갔습니다.

좋았다면 좋았을 그 시절을 뱉었다가 삼킵니다.

다시는 오지 않을 시간이란 걸 체감하며 몇 번이나 속앓이를 했는지, 역시나

남겨진 흔적을 혼자서 하나둘씩 지워 낸다는 건 여간 마음 아픈 일이 아닐

수 없었습니다. 그저 시간이 해결해 줄 거란 막연함과 조금의 미련을 두고

일상으로 되돌아가려 했습니다. 어떤 날엔 책을 보기도, 어떤 날엔 술에 기대어

불러 보기도 했지만 달라지는 건 없었습니다. 그저 집 앞의 나무가 꽃을 피우고

낙엽이 떨어지고를 반복할 뿐이었습니다. 제게서 꽤나 많은 기억을 가지고 떠난

사람이라 텅 빈 공간을 일상으로 다시 메꾸어 놓기가 쉽지 않았습니다.

얼마나 많았던지, 달을 보다 보면 종종 당신과 했던 대화가 기억나 괜스레

곁눈질로 흘겨보곤 했습니다. 노래를 듣다 보면 함께 좋아하던 가사가 다시

기억을 떠올리게 하고, 길 한복판에서 당신이 뿌리던 향수 냄새라도 나면

뒤돌아보기 일쑤였습니다. 그야말로 제 것이 아닌 일상을 보내 버렸습니다.

당신도 나와 같은 일상을 보내는지 수도 없이 물어보고 싶었지만 어떤 대답을

들어도 전혀 바뀌는 것이 없다는 사실을 꽤나 늦게 알아차렸습니다.

한때는 당신을 원망하기도 했고 미워하기도 했지만, 결국 그조차도 당신을 잊지

못해 나온 자책이었습니다. 함께하지 못한 날이 함께했던 시간을 넘어설 때야

점차 이별을 인정하고 제 삶을 되찾아 오기 시작했습니다.

그 무렵, 당신이 다른 사람을 만난다는 소식을 들었습니다. 신경 쓰이지 않았다고 한다면 거짓말이겠지요. 혹여나 남은 감정을 뒤로한 채, 당신과 그 사람이 나란히 찍은 사진을 보았습니다. 참 행복해 보이는 사람과 역시나 웃는 게 예쁜 당신입니다. 그저 웃고 있다면 저는 아무래도 좋을 마음인데, 웃고 있다니 참 다행입니다.

그렇게 누군가를 열렬히 사랑했던 저의 여름이 지나갔습니다. 삽시간에 흘러가 버린 그 여름을 보고 싶을 땐 아무 말 없이 안부를 전하겠습니다. 이제야 당신을 보낼 수 있었던 나를 너무 많이는 미워하지 않길 바랍니다.

하지(夏至)

유난히 덥던 여름, 너를 처음 만났다.

많은 대화와 많은 웃음이 우리 사이를 지나갔고, 몇 번의 식사와 만남으로
서로를 알게 되었다고 자부했다. 땀에 흠뻑 젖어 불어오는 바람이 차갑게
느껴지는 것을 즐기며, 그렇게 느지막이 그해 여름을 지새웠다. 계절이 바뀔
때쯤 모든 사랑스러움은 끝이 나고 우리는 여느 사람들처럼 멀어져 갔다. 여러
계절을 보내고서 다시금 그 계절이 다가옴을 느낄 때 어수선한 마음과 함께 너를
그리워했다. 너의 마음을 너무도 잘 알기에 열렬히 보내 주었는데, 그 여름 처마
끝에 떨어진 빗방울을 바라보면서 너를 생각하던 내 마음이 변하는 것은 왜
이토록 텁텁한 것일까.

그렇게 우리는

서로의 소금이 되어 갔다.

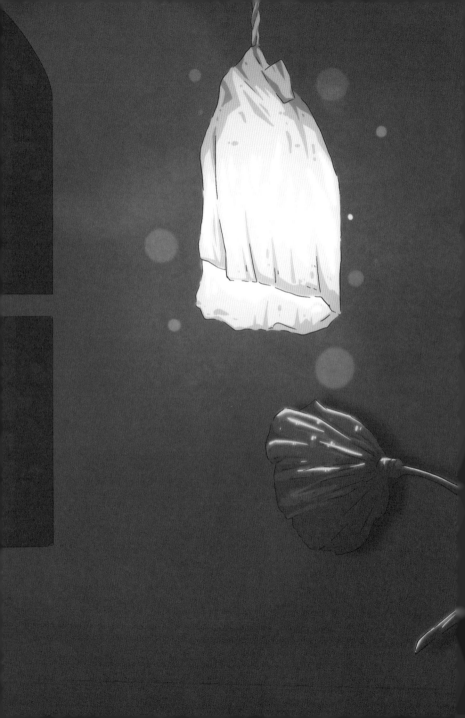

빛

같은 이야기를 듣고 보아도 매번 다른 느낌을 받을 때가 있다.
추억이라는 색을 가진 것일 수도 있고
일상의 한 장면일 수도 있다.

저마다의 이야기를 더없이 소중히 여기고
항상 눈여겨보는 이유는
그것들 모두가 빛나고 있어서다.

새벽

밤

고요한

쉼

틈새

몽환적인

목화

그레이

따뜻한

조용한

일몰

작업 공간

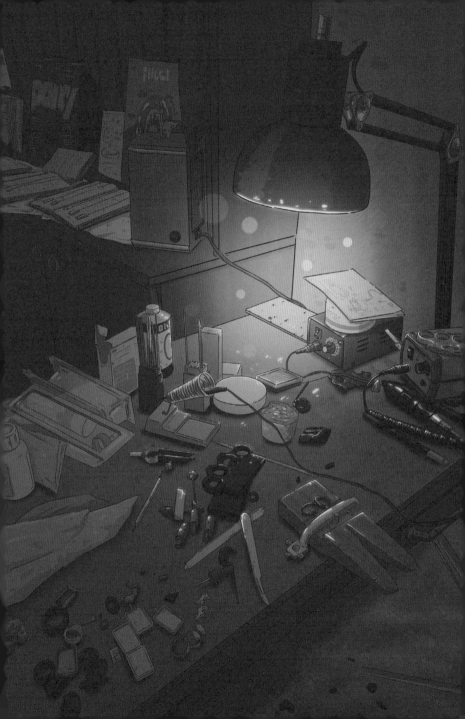

빛의 흐름

형태가 없는 것들의 아름다움은 항상 빛이 난다.

.

눈을 감고 느껴 보면 그 빛들은 곧장 나를 끌어서 어디론가 데려간다.

.

그 흐름에 따라 항상 나는 몸을 맡길 뿐이다.

각자의 시간

우리는 각자의 시간들이 있다. 떠오르는 아침 해를 바라보며 누군가는
하루를 시작하고, 누군가는 하루를 마무리한다. 남들과 다른 시작이 불안하게
느껴진다면 개개인의 시간이 다르다는 사실을 생각해 봐야 한다. 우리는 매번
다른 시간 속에 살면서 각자의 행복으로 인생을 지어 간다. 이유 없는 비난에
상처받아 울던 밤을 견디고 이겨 내면 나를 더 단단하게 만들어 갈 기회의
새벽을 맞이할 수 있다. 실패라고 치부해 버렸던 순간들을 생각하며 더 나은
현재를 만들 수도 있다.

그러니 지금 내가 할 수 있는 방법은 나를 믿는 것뿐이다. 다른 사람들의 비교
대상이 되어서는 각자의 가치를 매길 수 없다는 걸 꼭 알았으면 한다. 비록
지금은 너무도 늦어 보이겠지만, 당장 할 수 있는 일은 딱히 많지 않지만,
그마저도 괜찮다. 저녁노을을 바라볼 때 뭉클해지는 마음이 수없이 많았을
우리에게 이 말을 전해 주고 싶다.

작
업
병

작업을 할 때 자꾸만 감정을 담으려다 보니
항상 그 분위기에 휩쓸리고 만다.
애써 털어 버리려 해도
그때의 상황에 동화되어 버리기 일쑤였다.
이것도 일종의 병이라고 생각하는데
아마도 완치되지 않을 작업병이 생겨 버린 게 아닐까.

새벽 소리

밤늦게 작업을 하다 보면 어느새 창밖이 푸르스름하게 변해 있곤 한다.

잡음에 묻혀 듣지 못했던 소리에 귀를 기울이면 많은 게 들려온다.

쨱쨱거리는 새소리, 자동차 엔진 소리, 시계 초침 소리마저도 잘 들리는 이 시간엔

숨소리조차 내지 않고 새벽 소리를 가만히 듣는다.

방 맥주

하루 가운데 어느 시간이 제일 좋냐 묻는다면

망설임 없이 맥주 한 캔과 침대

그리고 넷플릭스가 함께 있는 시간이라 말하고 싶다.

그런 삶이 조금은 팍팍하기도 하지만

원래 행복은 소소하니까 :)

휴
식

사람에게는 각자 휴식할 시간이 필요하다고 한다.

무언가를 사랑하고 나서, 혹은 맥이 풀릴 정도로 어딘가에 열정을 쏟아부은

다음, 열기가 채 가시지 않은 그 마음을 식히는 방법은 어떤 일을 사랑하는

것만큼이나 중요하다. 더 나은, 더 좋은 결과를 위해 하는 행동이 되레 독이 될

수 있다. 일을 너무 빨리 마무리 짓는다면 성급한 나머지 못 본 채 지나간 것들이

자꾸만 생각날지도 모른다. 그럴 때 잠깐의 휴식이 필요하다.

휴식은 삶과 굉장히 많이 밀접해 있지만 우리는 '쉼'이라는 말을 조금은

부정적으로 생각하는 것 같다. 살짝 뒤로 물러나 마음과 몸을 재충전하는 시간을

가졌으면 한다. 그런 뒤에는 누구도 이 시간을 나태하고 무의미하다고 말하지

못할 거란 걸 알아 두었으면 좋겠다.

잃어버린 시간

그동안 잃어버린 것들을 찾아서 여행을 한다.

제멋대로 재단하고 틀에 가두어 버렸던

이미 저버리고 살았던 많은 것들을 찾고 있다.

언제 끝날지 모를 이 길고 긴 여행에서 지쳐 버리지 않길

길을 잃어버리지 않길 소원하며 그렇게 여행을 떠난다.

시간은 참 빨라

한 살 한 살 나이가 들수록 시간이 빠르게 흘러간다.

이제는 어제와 오늘의 간격이 보이지 않고

눈을 뜨면 한 달, 일 년이 훌쩍 흘러가 버린다.

너무 빠른 나머지 과거에 묻힌 잔상을 담지 못한 채

아파할 새 없이, 추억할 틈도 없이.

피할 수 없는

호우나 강풍이 오기 전엔 온 세상이 이상하리만치 조용해진다.

골목 새로 흐르는 바람 한 점 없이 고요하다가

이느새 난장판이 뇌어 버리고 만다.

종종 괜찮다, 괜찮다 하며 흘러보낸 불안함도 그랬다.

항상 저 멀리서 잔잔한 파도처럼 밀려오다가

갑자기 엄청난 크기의 쓰나미처럼 나를 덮쳐 버리곤 한다.

독립

이제 밖으로 나가 독립할 나이다.

혼자서 지낸 날보다 앞으로 지내야 할 날이 훨씬 많음을 알기에

아무렇지 않은 척, 애써 태연한 척해 보지만

집이라는 그늘에서 벗어나 사회에 던져진 나는

아직도 모든 게 두렵고 어색하기만 하다.

염증

나는 처음 본 사람과 익숙한 사람의 중간 지점을 한참 찾고 있었다.

첫인상부터 마지막까지 잘 맞던 사람을 그 후로는 볼 수 없었던 아쉬움과

가장 가깝다고 느낀 사람에게서 받은 상처로

항상 마음 한구석이 석연치 않았기 때문일까.

관계를 알아 가면 알아 갈수록 지치기만 할 뿐이었다.

그 '관계'라는 걸 알면서도 떼어 내질 못했다.

하지만 기운이 빠진 채 집으로 돌아오던 길과 아쉬움이 많았던 날 뒤엔

결국 사람에게서 위로를 받기 마련이었다.

관계에 염증을 느끼는 중에도 나는 어쩔 수 없이 사람을 찾고 있었다.

오늘

힘들다, 힘들다 하면서도
막상 내일이 기대되지 않으면서도
다들 그렇게 사니까
오늘도 그래, 그래.

다른
시야

다를 바 없는 하루를 보내고, 사람들을 만나고

정말 아무 일 없이 집에 들어왔는데

거울 속 내 모습은 왜 이렇게 우울한지.

자책

나 잘하고 있는 걸까.

정말 잘하고 있는 걸까.

걱
정

겉으로는 걱정 없고 유쾌한 척하지만 집으로 돌아와서는

아까 그 말은 하지 말걸 그랬나, 혹시 말실수를 하진 않았나 생각한다.

겉으로 속여 왔던 감정들을 천천히 정리하다 보면

걱정이 생기고, 그러지 말걸 후회하며

다시 생각은 꼬리에 꼬리를 물고 쌓인다.

선택

"다시 돌아갈 수 있다면."

이 말이 현실로 다가온다면

나는 똑같은 선택을 하지 않을 수 있을까.

우리 나중에 어떻게 될까?

친구들과 밤늦게까지 술을 마시면서 이야기를 하다 보면
꼭 그런 이야기가 나왔다.
결혼은 누가 제일 먼저 할지, 나중에 직장인이 돼서 만나면 어떨지,
돈은 누가 제일 많이 벌지 이런저런 이야기로 시간을 보낸 적이 많았다.
돌이켜 생각해 보면 그때는 그런 생각이 당연했다.
앞으로 어떤 일을 하게 될지도, 뭘 좋아하는지도 모를 때지만 풀리지 않을
걱정거리도 막연히 잘 풀릴 거라 말하며 그런 날들을 흘려보내곤 했다.
"우린 나중에 어떻게 될까?"라는 말은 "우린 나중에 어떻게 변할까?"라는
말이기도 했다. 시간이 흐르며 변해 가는 모습을 보면서 서로의 미래를 유추해
보기도 했지만, 결국 우리가 하고 싶었던 이야기는 각자 안고 사는 고민들을
해결해 나가자는 말이었다.
돈을 누가 많이 벌든, 결혼은 누가 제일 먼저 하든, 누가 무엇이 되었든
그런 것들은 중요치 않았다. 지금 서로의 미래를 함께 이야기하고 있다는 게
우리에겐 가장 행복하고 중요한 말이 아니었을까. 한 치 앞을 몰라서
더 기대되는, 그래서 오늘도 열심히 살아야겠다는 다짐과 함께하는 자리를
우리는 좋아했다.

보통 사람들

마음이 따뜻해지는 영화들이 종종 있다.

다양한 장르가 존재하지만 나는 특히나 그런 영화를 좋아한다. 설령 꾸역꾸역
지어낸 이야기로 감성팔이를 하는 걸로 보일지 몰라도, 나는 그렇게라도 마음을
따뜻하게 하는 영화를 좋아한다. 팍팍한 현실에서 그런 영화를 보고 있으면
나도 모르게 희망이 생긴달까. 힘들고 포기하고 싶을 때마다 좋아하는 배우가
시상식에서 한 수상 소감을 스치듯 떠올린다.

"세상에는 열심히 사는 보통 사람들이 정말 많은 것 같습니다. 그런 분들을
보면 세상이 참 불공평하다는 생각이 듭니다. 꿋꿋하게 열심히 자기 일을 하는
많은 사람들에게 똑같은 결과가 주어지는 것은 또 아니라는 생각이 들어서
좀 불공평하다는 생각을 하는데, 그럼에도 불구하고 실망하거나 지치지
마시고 포기하지 마시고, 여러분들이 무엇을 하든 간에 그 일을 계속하셨으면
좋겠습니다. 자책하지 마십시오. 여러분 탓이 아닙니다."

마냥 좋은 일만 있을 수 없음을 안다. 행복이나 성공은 그만큼의 인내와
사소함이 동반되어야 비로소 완성되지 않을까. 오늘도 고생한 모두에게 손뼉을
쳐 주고 싶다. 아무도 몰라줄 수도 있지만 각자의 위치에서 필요한 일을 해 왔을
거라 믿어 의심치 않는다.

그러니 우리 모두 자책하지 말자.

기억 속으로

벽에 사진이나 기억될 만한 추억의 포스터를 붙여 놓았다.

시간이 흘러 벽은 사진으로 도배가 되었지만 바쁜 일상 탓에 하나하나

눈에 담아 본 적은 별로 없었다. 그날 밤, 스쳐 지나가 버린 사진들과 얘기라도

하듯 추억에 잠기게 되었다. 누군가에게는 추억이 아무런 힘이 없을 수도

있지만, 누군가는 그 추억 때문에 하루하루를 살아갈 수도 있다.

여러 사진을 보면서 웃기도 하고 조금의 후회가 들기도 했다.

막상 잘 흘려보낸 것 같으면서도 아쉬울 때가 있고, 몸도 마음도 힘들었지만

행복했던 때도 있었다.

추억이라는 게 그런 것 같다. 돌이켜 보았을 때 기억과는 또 다른 의미를 새겨

준다. 추억할 수 있는 시간이 그만큼 많다는 건 그간 많은 일들에

웃을 수 있었다는 증거가 아닐까.

평소에는 어둡던 방이 빛나는 추억들로 환하게 밝아졌다.

앞으로 추억할 수 있는 그림이 하나 더 생긴 기분이다.

울지 않는 이유

울음이 날 때마다 마음에 꾹꾹 눌러

큰 보따리 같은 곳에 담아 둔다.

처음에는 하나둘 채워지다가

이제는 바늘 하나 콕 찌르면

손쓸 수 없게 터져 나올 것 같아

더 꾹꾹 눌러 삼킨다.

특별한 날

살다 보면 재밌게 보냈던 날도 있고, 그러지 못했던 날도 있습니다.

어쩌면 즐기지 못한 날이 더욱더 많았던 것 같습니다. 그리고 보면 우리 인생이

그렇게 빛날 거라고는 생각지 못했습니다.

하루는 그런 일이 있었습니다. 생일날 12시가 넘어가자마자 축하해 주던

사람들이 갈수록 줄어든다는 걸 느꼈습니다. '보다 중요한 일이 있겠지, 생일이

뭐 별거냐' 하며 속으로는 쿨한 척 넘겨 버렸지만, 그렇게 특별하지 않은 하루를

보내고 다음 날이 되고서야 조금의 섭섭하고 외로운 마음이 묻어 있었다는 걸

알아챘습니다.

정말 좋은 사람들이 곁에 있다고 생각한 저로서는 차마 마음이 먹먹했다고

말하기 힘들었지요. 며칠 뒤에 한 친구가 챙겨 주지 못해 미안했다며 생일이

비슷한 친구들과 다 같이 술자리를 하자고 했습니다. 뻗댈 수도 있었지만

쓸데없는 자존심을 부릴 만큼 여유롭지 않은 사람으로 보이긴 또 싫은 게 사람

마음인지라 아무렇지 않은 척 술자리를 가졌습니다.

생일날의 서운한 마음이 부끄러울 정도로 재밌었고, 살면서 몇 안 되는 유쾌한

자리였던 걸로 기억합니다. 다들 술에 취해 비틀비틀하는 모습을 보니 피식피식

웃음이 새어 나왔습니다.

모두들 이런저런 모양으로 살아가고 있는데 제가 특히나 바란 게 많았다고

하겠습니다. 사실 특별한 날은 없는 게 맞지요. 항상 재밌을 수도 없고, 항상

특별할 수도 없는 게 정상입니다. 이런 날은 행복하고, 저런 날은 행복해야만

한다는 생각이 오히려 행복의 걸림돌이 되어 버린 기분이었습니다.

행복하지 않아야 할 날을 콕 집어 정해 두지 않듯이, 특별하고 행복한 날을 콕

집어 둘 필요는 없다는 얘깁니다. 당장은 삶이 특별하지 않다는 생각이 들겠지만

몇몇의 우울한 날들로 삶을 판단하는 건 너무 야박하지 않습니까. 관점을 조금

바꿔서 팍팍한 삶이기에 사소한 것도 즐길 수 있다고 여기면 그만입니다. 또한

오늘 즐기지 못했다고 해서 내일도 즐기지 못하리란 법은 없습니다.

그러니 자신의 삶을 너무 과소평가하지 말아 달라는 말을 꼭 전하고 싶습니다. 특별한 날이 남들보다 조금 적으면 어떻습니까. 어떤 인생도 특별하지 않다고 할 수는 없는 겁니다. 즐기지 못한 날이 많았던 이유는 내일도 똑같을 것이라 단정 지어서였을지도 모르겠습니다. 그런 생각을 단 한 번에 부숴 줄 특별한 하루라는 건 이미 존재하지도 않았던 거고요.

큰일과 사소한 일을 나누는 기준은 대단함과 사소함의 차이가 아니라, 그걸 바라보는 저마다의 마음이 아닐까 생각합니다. 그러니 너무 마음 쓰지 말고 옆에 주어진 행복을 꼭 알아차리기 바랍니다.

행복해질 자격이 충분한 오늘은 당신의 특별한 날입니다.

스물, 꼭 행복하지 않은 날이어도

스물, 꼭 행복하지 않은 날이어도

초판 1쇄 펴냄 2021년 5월 5일

기획 김훈섭
지은이 정신엽
그린이 김동률
펴낸이 최나미
편집 김동욱
디자인 김동률
경영지원 고민정

펴낸곳 핑크뮬리
출판등록 2019년 12월 18일 제2019-000346호

ISBN 979-11-969279-1-2 03810

주소 서울시 강남구 광평로 56길 10, 광인빌딩 4층 (수서동)
전화 070-7643-0012
팩스 0504-324-7100
이메일 hanwallbooks@naver.com